햇살은 소리를 보듬고

햇 살 은
소 리 를
보 듬 고

추영수 시선집

글넝쿨

시선집을 엮으며

시인 추영수는 삶의 매순간을 하나님이 주신 기회이자 은혜임을 잊지 않았던 참신앙인이었다. 시인이 하늘로 돌아간 후, 그녀만의 시상(詩想)으로 영글어진 가파른 삶의 여정들이 다시 한 권의 책이 되었다.

추영수 시인은 생전에 시집 『흐름의 소묘』(1996), 『작은 풀꽃 한 송이』(1980), 『너도 바람아』(1987), 『광대의 아침노래』(1987), 『사랑하는 자를 사랑하는 것은』(1990), 『천년을 하루같이』(2007), 『기도시집』(2007), 『날개로 노래로』(2007), 『살아 있는 이유』(2014), 동시화집 『어떻게 알았을까』(1996) 등을 펴냈다. 이러한 시적 이력에도 불구하고 시인의 시들은 내면으로 침잠해 들어갔던 시인의 삶 만큼이나 세상과 멀리 있었다. 두 해 전 소천한 시인의 작품들을 묶어 다시 세상에 내어놓는 이유이다.

1부는 기존 시집에 실리지 않은 추영수 시인의 미발표 유고시 작품을 정리했다. 시인이 남겨놓은 메모장과 수첩에 빼곡히 기록되어 있던 유작 32편을 가능한 한 모두 한 곳에 모았다. 그녀의 마지막 시집이 2014년에 발간된 것을 감안한다면 1부에 실린 작품들은 그 전후부터 창작된 작품들로 보인다. 이 작품들은 시인이 만년에 투병하면서 쓴, 고통 속에서 길어올린 그녀만의 깊은 사유를 보여주는 시들이다.

　　2부는 1969년 첫 시집 『흐름의 소묘』에서부터 1990년에 출간된 『사랑하는 자를 사랑하는 것은』에 실린 작품 중에서 시인만의 시작(詩作) 특성이 묻어있어 생전의 삶을 헤아릴 수 있는 대표적인 시편 32편을 뽑았다.

　　3부도 같은 기준으로 2007년에 출간된 『천년을 하루같이』에서부터 2014년에 펴낸 『살아 있는 이유』에 실린 작품들 가운데 18편의 시편을 선정했다.

사랑과 헌신, 기도로 써내려간 시인의 시들은 한국현대시사에서도 결코 가벼이 볼 수 없는 시적 혼적이다. 이 시선집을 통해 추영수 시인의 삶과 시들이 문학사적으로도 새롭게 평가되길 기대해 본다.

　그리고 무엇보다 시인과 그 삶을 그리워 하는 많은 이들에게 작은 선물이 되길 기도한다.

햇살은 소리를 보듬고

차례

1부

시가 안 되는 날은

시가 안 되는 날은 가슴이 몹시 뜁니다
혈행에 이상이 있는 듯
관자놀이에서 우지끈 삭정이 뿌러지는 아픔이 일어납
니다
그렇죠, 시를 생각하고 시를 가다듬는 일은
내 생애를 다듬는 일이니
날카로운 끌을 대어 다듬어내는 삶이
앓음소리를 내지 않을 수 없는 것입니다
머리통을 쪼으기도 하고 목줄기를 쫄르기도 하고
육장 육부 낱낱이 날카로운 끌을 대지 않을 수 없습니다
어떤 땐 꼭 아픔을 위하여 사는 사람같기도 합니다
촛불이 제 심지를 태워 몽그러질 때
아름다운 빛을 피워 내듯이
내 속의 아픔을 낱낱이 깨워내는 고단한 작업
살기 위한 호흡이요 詩作인가
이 고단한 작업을 무사히 통과한 뒤에
겨우 살아남은 내 얼 몇 조각
그 몇 조각을 만나기 위해
그 많은 아픔을 참고 견뎠나보다

꽃샘 바람에 꽃보다 먼저 피가 도는 영혼

오동지 섣달, 천지가 얼어 붙은 날
새파랗게 얼음과자로 옹크린 사철나무랑
악수해 보신 일 있나요
꽃샘 바람에 꽃보다 먼저 피가 도는
길(道)이 보여요

우리들의 아픔을 위해
우리들의 설움을 위해
우리들의 내일을 위해
영혼까지 얼어붙을 수 있음은
사철 기도의 눈물이 넘치기 때문이에요

눈물은 연민의 여운
새 봄으로 일어선 무지개를 향해
화답할 수 있는 부활의 바다
오동지 섣달 새파랗게 얼음 친구로
옹크린 영혼들
당신의 따뜻한 손으로 꼭 잡아 주셔요

당신은 진리를 의지하는 자니이까

말로 다할 수 없이 참기 힘든 일을
참아낸 기억 속에는 누가 있었나이까

치받는 분노를 고요로 삭힐 때
누구의 이름을 불렀나이까

통곡을 미소로 달랠 때
당신의 혼은 어디에 있었나이까

남이 한 발짝 다가올 때
한 발짝 뒤로 물러서며 무엇을 보았나이까

남의 삿대질 앞에서 머리로
아주 조용한 그림을 그려본 일이 있나이까

골고다 언덕에서

자신이 돌아갈 때를
누가 미리 알겠습니까

당신이 저의 죄 덩어리 그 청동
십자가를 지고 언덕에 올랐을 때

저를 향해 쏜살같이 떨어지는
막나니의 시퍼런 칼날

그곳 그 순간이 제 행복의 길임을
제가 어찌 짐작이나 했겠습니까

그 찰나에 임하신 당신의 사랑
소나무 그늘 아래 말갛게 웃는 한 송이 꽃

오! 주님 주신 새 목숨임을 믿사오니
주여 당신의 낙원에 저를 이끄시었습니다

가을 소묘

우짤꼬
무신 하늘이
이렇고롬 넓노

내 작은 가슴이
우짜라고
이렇고롬 깊노

떠 저건 뭐꼬
머어야
니는 아무 대답도 없는데

무신 달이 저리 밝노
해보다 더 밝으몬
해는 우짜라카노

오늘도 님의 해는

오늘도 님의 해는
그리움을 묵상하는
호심에서 솟았습니다

님의 미소는
꽃무늬 손수건
기폭으로 게양되는 푸른 하늘

비행운으로 새겨지는 님의 시심은
가슴마다 맺힌 가시
꽃잎으로 살려냅니다

호수공원 품속을 맴돌던 잠자리
호심을 지키던 님의 어깨 위에
사뿐히 옮겨 앉아

지구를 보듬고 도는
약속의
하늘이 됩니다

병상에서

창문 밖에는 겨울비가
구성지게 내리고 있었다.
10층 병실에서 내려다 본
창문 밖의 거리가 그저
아득하기만 했다.
색색의 우산들은
가벼운 기구처럼 보였고
바쁘게 사지를 움직이며
활보하는 사람들의 자유가
신기했다.
청량리 거리 특유의 홀가분한
차림이 생동감을 더해 주었다.
가로수들은 잎을 다 털어버리고
겨울나기 묵상으로 접어드노라
묵묵히 비에 젖고 있었다.
어떤 것으로부터도 구애받지 않는
자유로움과 활기는 아름다움이었다.
살아 움직인다는 것이
참으로 지고한 은총임을 깨달으며

그 자랑스럽고 아름다운 잎들을
훌훌 털어버리고 생각에 잠겨있는
가로수 곁으로 마음을 보내곤 했다.

방안엔 산소통을 비롯하여
심전도의 계기가 쉴새 없이
움직이고 있었으나 정작
사람은 옴짝도 하지 않았다.
진정 이 시각에
우리에게 필요한 것은
이러한 고가의 문명의 이기로부터
해방되는 것이었다.
오로지
맨손이요 홀몸이 되는 것이었다.
부끄러움을 가릴 옷 한 벌이면 족했다.
아! 저 겨울 나무처럼 빈손 들고
하늘 우르러 비를 맞을 수 있는
건강과 자유였다.
수십 평의 맨션아파트가

무슨 소용에 닿겠는가?
고가의 가전제품을
무엇에 쓰겠느가?

몇 백 만원의 가죽 소파에
누구를 앉힐 것인가?
산해진미 진수성찬은
누가 잡수실 것이며
억대의 승용차는
누구더러 타란 말인가?
목숨이 없다면… 귀중한 주인공이
옴짝을 않는다면……
그동안 우리는 얼마나 헛된 구름만
쫓고 있었던가를 눈물로 뉘우치며
소리 없이 통곡했다.
"오! 하나님!" "오! 하나님!"
단순한 부름이 아니었다.
'애'를 끊어내는 절규였다.

입술을 움찔하는 그의 곁으로 가서
성경을 펼쳤다. 그가 듣든 말든
소리 내어 읽었다.
"그러므로 내가 너희에게 이르노니
목숨을 위하여 무엇을 먹을까
무엇을 마실까 몸을 위하여
무엇을 입을까 염려하지 말라.
목숨이 음식보다 중하지 아니하며
몸이 의복보다 중하지 아니하냐?
공중의 새를 보라. 심지도 않고
거두지도 않고 창고에 모아
들이지도 아니하되 너희 천부께서
기르시나니 너희는 이것들보다
귀하지 아니하냐? 너희 중에
누가 염려함으로
그 키를 한자나 더할 수 있느냐?
또 너희가 어찌 의복을 위하여
염려하느냐? 들의 백합화가
어떻게 자라는가 생각하여보라.

수고도 아니하고 길쌈도 아니하느니라.
그러나 내가 너희에게 말하노니
솔로몬의 모든 영광으로도 입은 것이
이 꽃 하나만 같지 못하였느니라.
오늘 있다가 내일 아궁이에
던지우는 들풀도 하나님이
이렇게 입히시거든 하물며
너희일까 보냐? 믿음이 적은 자들아
그러므로 염려하여 이르기를
무엇을 먹을까 무엇을 마실까

무엇을 입을까 하지 말라. 이는 다
이방인들이 구하는 것이라.
너희 천부께서 이 모든 것이
너희에게 있어야 할 줄을 아시느니라.
먼저 그의 나라와 그의 의를 구하라.
그리하면 이 모든 것을 너희에게
더하시리라. 그러므로 내일 일을
위하여 염려하지 말라

내일 일은 내일 염려할 것이요
한날 괴로움은 그날에 족하니라."
(마태복음 6장 25절 34절)

그는 조용히 주사바늘이 꽂힌
팔을 내려 내 손을 잡았다.
그리고 미소지었다.
"이제 편안해요. 이것 뺐으면…"
실은 감격할 겨를도 없었다.
급하게 연락되어 주치의가 오고…
괴물같은 산소통이 문쪽으로 물러났다.
그가 자청하여 찬송을 부르라고 했다.
아직도 감격할 겨를이 없는 가족들의
입에선 217장 찬송이 뜨거운 열기를
뿜으며 흘러나왔고 그제서야
눈물엔듯 땀엔듯 온몸이 젖고 있었다.

화장하는 바우산

급경사의 인왕산이
햇빛 쨍한 날을 위하여
돋보기를 끼고
돋보기 거울까지 들여다보며
정성 들여 화장을 합니다

메우고 칠할수록 돋보이는 앙금의 깊은 계곡
부끄러움의 티, 죄의 티, 미련의 티, 한의 티
푸른 피 치솟아 흘러
바라보는 이마다
두 손 모아 가슴 졸입니다

독야청청 소나무 한 그루 뿌리내리도록
마음 밭 조신히 열어 보라고
산아. 하늘 아래 화장하는 바우산아
진정 어린 무릎 한 번 꿇어 보라고
키 작은 풀꽃들 촛불을 켭니다.

어린 날

체념이라는 눈물의 과일을
내 설익은
선 가슴으로 익히고
요단강 난간을 굳게 잡고 돌아왔네
어둠은 불꽃이었노라
사리만 남기고
살과 뼈를 먼지처럼 연소시킨
그 때
요단강 가에 이르러서야
비로소 알아내었네
먼지의 본체가 나래라는 것을
푸른 강물 위에
내 모습을 비춰보고
수선화처럼 나래를 향해 고개 숙여
인사를 드리고 돌아왔다네
날개 그 모습에서
나는 님을 만났던 것이었네
먼지 같은 내 작은 목숨이
내 것이 아님을 알았다네

바로 님이었네
나를 사랑하시고 내가 사랑한
나의 님이었네

꿈꾸는 집

일상어가 주는 상징성과
시적 분위기가 극히 매력적이다
온유하고 함축미 있는 일상어는
그 사람의 사고와 행동에
품위와 향기를 더해준다

일상어가 주는 시적 치유의 요소가
시인으로 하여금 영원을 확신케 한다
그 분의 약속을 믿게 한다

함축미가 넘치는
그 분의 한 말씀

그래서 시인은 노래한다
품위 있는 일상어는
시인의 일상어는
기교를 초월한 시이다

하늘 가슴에 잠긴 등불

바람 앞에선
촛불도 꺼지고
광풍 앞에선
햇불도 드디어 꺼지지만

하늘 가슴에 잠긴 등불
세상 바람에
세상 광풍에
흔들리지 않네

소용돌이쳐 불어올리는
토네이도 앞에서도
그 불길 관계치 않네
하늘 가슴 투명하게 감싼
완벽한 호야의 안
사랑만 비춰 올리네

뜨거운 심장

독거 노인이 기다리고 있는
성 넘어 집으로 갔다
돌절구 대야에 물이 모두 얼었다
심장도 대야처럼 생겼는가
뜨거운 심장임에도
고독이 살얼음 지는 가슴에
은은히 들려오는 찬송소리
그리움을 뒤엎으며
주는 그리스도시오 나의 하나님
입술론 외우다가
가슴에 담아
가슴에 새기며
무릎을 세워 일어난다
섬기다가
드디어 목숨까지
내 대신 내어 놓으신 분
주님

가슴이 시린 날

아침에 왔는데 또 올라고?
혼자 자문자답하며
손전화를 꼭 쥐고
허리 펴 누워본다
빨리 다가온 어둠이
길기는 어찌 그리 긴지
적막의 꼬리는 열 두발이나 되나
이명인 듯 바람 소리 파도 소리
드디어 선잠 깨우는 신새벽 어스름
예수께서 기도하셨다는
새벽 세 시
나도 무릎 꿇는다
하나님 물마른 나뭇가지
그리움이라는 바람 살아 있게 해주셔서 감사합니다
그리워할 이름 주셔서 감사합니다
오늘 하루도 나의 동행은 주님 한 분 뿐이겠지요?

그래도 행복한 펭귄

펭귄 한 쌍
두 손 꼭 잡고
신작로를 건너간다
두고 온 바다보다
고단한 발바닥
네 개의 다리보다
똑똑한 지팡이 하나
똑똑똑 앞서 가며
신작로를 안내한다
새끼들 노래소리
바다 내음보다
아득히 멀리서 들려도
네 개의 귀가 마주 보고
서로 웃고 간다

문학은 우리의 얼집

아름답고 정의롭고 생명 넘치는 영원한 기도 잘 정돈된 사랑의 일이 횃불되어 어둠 밝혀야 세상이 밝아짐. 사람이라고 다 사람이 아니고 사람다워야 사람이다 각자 얼집을 잘 가꿔 생각과 행실과 말이 일치되는 삶이 곧 시가 되고 문학이 되는 긍정의 아름다운 얼집을 짓자

주여!

오! 주여! 하고 널 향해 감탄했을 때
앞서 가던 너는 뒤돌아 서서
날 보지 않았네
그 순간 난 생각지도 않은 일을 깨달았네
나의 주는 네가 아니라는 것을
삼라만상의 주는 오직 한 분 창조주만이
지으신 이 따로 계시고
꾸미고 가꾸시는 이 따로 계심을
내 오관은
그 순간 분명히 확인했네
발이 시린 어린 날
꽁꽁 언 두 발
아랫목 할머니 무릎에
쏘옥 넣던 그 따스움으로
내 시린 가슴
따습게 녹여주신 이
그리네

고아는 외롭다

고아는 이유없이 뒤발군에 채인다
얼마나 당연한 명제인가
너는 나의 거울
고아가 그냥 고아로 있을 땐 외롭지 않다
하늘이 있고 바람이 있을 땐 외롭지 않다
흔들리는 풀잎이 있고
감싸 안는 안개가 있고
있고 있고 있는데 외롭지 않다

그런데 고아가 아닌 네가 내 앞에 있고
심히 넘치게 너를 사랑하는 그대와
어깨가 토실한 네 살집이
내 앞에 있을 때
그리고 비수가 나를 향해 돌진했을 때
고아는 외롭다

꿈 낙엽 같은 빈손

어느 날 아침에
10캐렛 짜리 금강석 반지를 얻어 끼고
자랑스럽게 뒷머리를 쓰다듬으며
한 주를 살았었지
눈 부신 태양이
내 반지를 향해 직시하는 어느 순간
내 심장은 즉사하고 말았네
냉동실로 옮겨지고
냉동된 내 알몸엔
반지의 부요가 퍼드린 대상포진 흔적 자국뿐
고아들의 눈물과
비가 새는 시설장의 눈초리는
긍휼로 냉동된 내 알몸을 향하지 않았고
태양처럼 빛나던 그 반지의
쓸모없는 빛을 향했더라
내일을 예감 못하는
뒷통수에 얹힌 낙엽같은 빈손

기도

오시옵소서
세상의 회오리 바람
어둠 속에 흉흉하는
거센 파도 자락

주님
우리들 가슴은
외딴 섬 바위 벼랑에
홀로 서서 주님 기다리는
간절한 외로움입니다

오 사랑합니다 예수님
나의 주 하나님
오시옵소서
두려움에 떠는 가슴에
아빠 아버지의
전능하신 가슴으로
오시옵소서

외로움에 지쳐

소스라쳐 우는 마음 속에

손녀 혜림을 만나고

바람이 땀을 걷어내어
고슬고슬한 살갗이 상쾌하다
눈이 부신 해님이랑 손잡고
장애물 경주를 하며
내 생애를 뒤돌아 보내고
이렇게 마음 놓고 실컷 웃으며
즐거움을 누린 날이 있었던가
잠깐 멈칫하는 사이에도
해님은 날 재촉하네
'함머니 재미있다'를 연발하는
세 살의 천사 앞에
숙제도, 부담도, 체면도 생각할 필요가 없는
한 마리의 자유로운 나비가 된다

미쥬리 강을 바라보며

숲에 싸여 미쥬리 강이 유유히 흐르고 있었다
강물 위에서 마음껏 딩구는
햇살의 재롱
믿음과 수용의 놀이 공원이었다
강물은 어디만큼 미끄럼을 태웠으며
햇살은 어디만큼 따라 갔을까
잡거니 따르거니
멈추거나 돌리니
서로가 보듬고 춤추며
가는 길이 삶인 것을
강물은 강물대로 흘러가야 하고
지구는 둥그니까
해님은 숨바꼭질하며
눈붙여야 하고

혜림이를 보며

혜림이 공차기가 일품이다

저러다가 몸살이라도 나면 어쩌나

3살과 73살이 젤 알맞은 친구

짝꿍 연령인가

가족이란 연분의 끈은

설탕 시럽에 달구어 놓은 무색실 같은 것

이 끈끈하고 달콤한 연분을

무엇이 와서 폭파시켰을까

터지고 터져 알알이 궁구는 모습들

핵가족이라 부르는가

어느 날 완전히 해체되어야 하는 것을 상징하는 말일까

혼자 서 있는 나무는 숲이 아니다

혼자 서 있는 나무의 가슴은 좁다

너와 내가 깍지 끼고

서로가 서로에게 피톤치드를

선물할 때 나무는 숲이 되고

우리가 되어 樹海의 파도소리로

교향곡이 연주되리라

아가와 할머니는 궁합이 맞는

젤 좋은 친구

햇살은 소리를 보듬고

햇살은 소리를 보듬고 찾아온다
적막은 꼬마새들의 오선지였나 보다
휴식과 묵상과 성찰을 통한
심령을 가다듬은 목소리로 동병상련의 연민이 연주되다
미소로 손 흔들며 안녕을 고하는 기차
백발의 옛 연인이 사진처럼 기다리는 간이역

새야 날개 다친 새야

외팔이의 아픔을 위로하기 위해 어깨 쭉지 내리고 고운 발 절룩이며 내게로 온 새야 편애하지 않으시는 님의 사랑 전하는 건가

진흙탕에 딩굴러 숯검정까지 뒤집어 쓴 강아지야 예쁜 꼬리 살랑이며 씻어도 씻어도 거무죽죽한 내 앙가슴에 안겨 왔는가

오뉴월 더위에도 밤이슬에 한기 든 몸 골고루 다독이며 보듬는 햇살 오! 나를 지으신 이의 자상하신 사랑이여

길

    참 여러 모양의 길이 내 앞에 펼쳐진다. 우선 내가 지금 달리고 있는 고속도로 그리고 잘 다듬어진 정겨운 작은 도심의 길, 또 좌로 돌고 우로 돌며 즐기는 골목길, 그러다가 어느새 무릎을 짚고 오르는 산길, 고개 넘어 다다른 냇가에서 만나는 징검다리길, 조심조심 생각에 잠기는 올래길, 그리운 어머니 젖가슴 같이 소박한 미소 머금고 맞아주는 고향집 사립문. 미나리강을 끼고 돌아 바깥 대문 안내문을 들어서면 변함없는 낯빛 붉히며 가슴보듬는 한 쌍의 살구나무를 뛰어올라 구름밭을 열고 하늘길을 달려온 것이네. 내 눈물과 웃음과 한숨과 통곡으로 채색된 갖가지 길을 되돌아보면서 한 마리 작은 새가 되어 오늘을 노래한다. 내가 여기까지 이르럼이 오직 창조주의 은혜임을 깨달으며 감사와 감격의 눈물을 훔친다.

원앙의 노래

그대가 가슴에 사무쳐 수염 박힌 컬컬한 목 가다듬어 그대를 부를 때 내 심중에 고였던 근심과 어두운 그림자 말끔히 씻어내는 그대의 맑은 응답소리에 나 비로소 참 대장부 되리

하늘에서 은총의 햇빛 내리니 내 깃이 주님 찬송의 무지개 되어 일어서네

우리의 하나님 사랑으로 지으신 제일의 공동체

주여 말씀하소서 기쁜 마음으로 따르리이다
그대는 맑은 물이요 나는 맑은 물에 녹아 빛나는 향기로다
맑은 물은 흘러 세상을 덮어 씻으니 주의 나라가 온 땅에 서리로다
할렐루야 찬송소리 넘치니 주의 뜻이, 주의 의가 이루어지이다

스밈과 베품

백열등의 밝은 빛을 흠뻑 스며 머금고
은은히 베풀어 밝히는 은근한 사랑

상대의 아픔을 건드려 밝히지 않고도
은은히 품어 어루만져 치유하시던 어머님의 조심스런
배려와

험난한 세월도 그 가슴에 들면 정금 같이 빛나는 지혜로
되살아나 오히려 치유의 빛이 되었었지.

단비의 노래 풀잎의 노래

게으르고 안이한 넓은 치마를 오무려 하늘을 보았네

목마름을 느낄 수 있다니 하늘의 은혜로다

결코 지치지 않는 은혜의 기도는

한없이 부드럽고 약한 몸을

도사려 바늘 잎으로 빛나게 해 주신 이니

그 고리에 그 고리

아가를 생각만 해도
내 입이 찢어질 듯 벙근다

아가는
식탁 밑을 젤 좋아한다 식탁 밑엔
경계경보가 발효되지 않는다
마음껏 헤엄치는 물고기 떼의
심해이다

아빠와 엄마의 든든한 다리랑
제 친구 식탁의 다리가
늘 지키고 있어서 외롭지도 무섭지도 않다

친구 다리에 기대앉아
흘려도 부담없는 간식을 먹는 자유
할미가 간혹 책상 밑에 내려앉아
책상다리에 등을 기대고 앉아
책상 밑에 흩어진 활자의 간식을
시간 가는 즐 모르고 즐기듯이

아가는 분명 그 할미의 손자인 갑네
그 고리에 그 고리라

아가를
생각만 해도 웃음이 나온다
엄마 크기의 호랑이를 끌어안고 놀다가
새끼 호랑이가 나타나면
커다란 어미 호랑이 등에 엎드려
무섭다고 운다
돌쟁이 아가의 눈엔
크고 작음이
무서움의 척도가 아닌가 보다
다윗의 눈에 비친 거인 골리앗이
강아지쯤으로 보였듯이
가장 크신 하나님이
아가의 가장 친밀한 친구요
커다란 아빠 엄마가 아가의 방패이니
젤 무서운 건 새까만 개미
그리고 새끼 호랑이

다음이 언니다

아가는

한없이 베푸시는 크신 하나님과

젤 위해 끊임없이 모으기에 정신없는 개미를

구별할 줄 안다

하늘의 것과 땅의 것을 구분할 줄 안다

아가가 젤 연장자다

떡국은 먹은 만큼 나이를 빼어먹나 보다

그래서 백수의 할머니가

아가로 돌아가시나 보다

매화송

온유의 옥토딛고
튼실이 일어선 님

순종으로 말씀 새겨
해를 세운 꿈나무

해돋이 받들어 올린
성실의 한 마음 올린

햇살 받아 옹골차게
한 맵씨 다듬은 양

육장 육부 기를 재며
팔 아름도 뜨거워

은혜로 꽃잎 열리니
향기롭다 그 기도

벌 나비 모여 와서

덕담 쌓은 꽃잔치

내일은 살진 열음
하늘 더욱 부르리니

다 품어 하나 되는 꿈
감사의 찬미여라

어머님 말씀 육비에 새겨

생각은 운명을 좌우한단다
좋은 생각으로 좋은 그림만 그려라

삶의 설계도는 창조주의 것

매사를 선의로 이해하여라
이것은 네 자신을 위한 길
또한 네 이웃을 위한 너의 사명

어머님 말씀 육비에 새김에
칠전팔기의 용기와
내 앞에 절망의 강이 흐를 수 없는 연유

그때 그날처럼

작은 댓돌 위에
가지런히 놓인
하얀 고무신이
자꾸 말을 걸어오네

초가을 맑은 햇살
새로 바른 문창호지
국화잎 한 잎 물고
보조개로 웃고 있어

그 등에
내 젖은 얼굴 조용히 묻고
가슴 뛰는 소리 듣고 싶네
그때 그날처럼

2부

水仙을 놓아

못다한 가슴의
오색 실을 풀어 들고
조용히 미소지어 봅니다.

하이얀 치맛폭에
水仙을 놓아
동실 물 위에 피어 사는 微笑를 보려

아픈 상채기 달래며
달빛에
실을 거는 순정

그날이 오면
水仙이 물 위에 웃음 짓는
그날이 오면

고운 눈매들 되살아만 날 것 같아
나는
遠視가 됩니다

裸木

달빛 아래서
훨 훨
옷을 벗어라.

거짓되지 않아
오히려 풍요론
맨 가슴.

애타는 마음은
옥퉁수나 되어
바람에 실어라.

넋이야 여위지 않아
다시 볼 부벼
옷 떨쳐 입는 내일.

달 두고
구름만
높이 흘러라.

갈에 피운 꽃

온 계절
다못 푼 여한으로
가을 날
가슴 밝힌 산도화 한 송이

볕바른 바우 등에 기대어
까치도 오지 않는
하늘에다
한 엮네 한을 엮네.

기적은 머언
데서도
가까운 듯
밀고 오는데

어느 만큼 어느 만큼 한 데서
한 번쯤이나
고개 돌려
이름해 줄까.

후회 같은 건
오히려 사랑의 말씀
갈 꽃 피운 자랑 있어
산을 넘네 향내음.

노을

종일을
意味없이 웃어 보았소
世事는
설은 대로 우습거니.

해어름
한 두어 시간 선 채로
하늘을
건너다 보면

거기엔
종일을 내가 씹어
뱉은 짙은 깊이의 웃음이
번져 오거니.

이 하늘이 어둡기 전
내가 허물어진 빛깔의 강물이
마지막 얼굴로
붉혀보는 순수여.

아가

아가는
엄마의 요람.

피곤으로 칭얼대는 엄마 가슴을
옹알이로 얼르는
아가의 눈길은
하늘의 등대.

가슴에 고사리 손
꼬옥 쥐면
환희로 불붙는 엄마의
꽃 입술.

꿀벌 잉잉대는 봄 뜰에
꿈이 해 돋는
엄마
가슴.

삶

하늘이 맑은 날이면
보다 울음겨운
산골물 소리

길 위에 피어난 풀꽃이사
달래는 손길보다
가슴아픈 눈짓인 걸
피었다
지고 말면
그뿐인 것을

아등 아등
피흘리며
가슴 찢는 몸짓이야
차마 이대로는
못 견디는
한 자리
한 춤

女人像

흰 비둘기
한 쌍
넌지시 맴도는
겨울
한 낮.

때 묻은 세사를
훌훌히
벗고
서너 걸음
멈칫 물러서서
고요로 감기우는
몸짓은
기도로다.

노을

언제 내 다홍치마를 벗어
저 구름밭에 널었더냐?

백발이 찾아온 날
알암 듣는 산자락
장성한 자식들이
도래솔처럼 둘러 설
명당이 여기 있구나.

패기가 저만큼 물러나
갈 길을 묻노라
머언 데 눈을 주는
석양.

마지막 힘을 무릎에 모으고
손을 들어
다시 한 번 밝혀보는 눈 앞.

오!

언제 내 다홍치마를

저기 저 구름밭에 널었더냐.

단풍 잎

화안히
구름장 가르고 나온
햇살 앞에
부끄러이 활짝 편 내 손.

몰래 너를 향해 뻗은 마음
햇살에 들켜
소스라쳐 도사리는
불꽃 이는 가슴.

도동동동 콩콩콩
거꾸로 돌리는 줄넘기
아. 아.
2·8청춘에 달아오르던
내 볼빛이여.

내 기도 언제 자라

어머님 계신 곳 하늘나라이거니
너무도 아득하여
마음 닿기 어려워라

부드럽게 펼쳐진
묏자락도
어머님 치마폭인양 하여
가만히 엎디어 볼 비벼 본다.

묏새 울음 고우면
어머님 정겨운
혼의 소리이거니…

무덤가 구석바지에 핀
작은 풀꽃 한 송이
예사롭지 않은 연분 느껴워
조심 조심 마음 사려
지켜보는 그리움

내 기도 언제 자라 하늘에 닿을까

아우성으로 가득 찬 이 땅을

어머님 치마폭으로 고이 재울까?

낮달

1
백옥
쟁반이네요
쟁그렁—.

파아란 하늘물에
팽그르르 잠겨가는
눈웃음.

일렁이는 바람가지에
흐르는 목화송이
사이 사이

님 맞는 보선발
바쁜
마음이네요

2
치자꽃이

달빛에 하야니 바래는
오뉘.

어머니 달게 드시던
과일 접시 받쳐들면
금잔디 푸르러
빈 하늘.

치자꽃 담은
하얀 백자 사발인양
은은한 어머님 말씀인양

달이 뜨네요
잠드신 어머님 고운 베갯머리
오누이 두 손 꼬옥 잡는
푸른 하늘가
뜨네요
하얀 낮달이.

愁心歌

푸른 산
왜 푸르냐
제여금 외워보듯
묵은 산
등을 지고
해가 가네.

회오리
수숫대 바람
바자니는
불꽃 가슴
안으로 숨겨져
소복이
타는 노을.

강주름 고르듯
뱃전을 어루만져
어어이 어어이
저 혼자 떠가는

시름찬
가슴아.

치마허리 동여매고
쫓는
맨 버선 발
어어이 어어이
저 혼자 떠가는
내
그림자야.

말씀

"욕심을 버리거라
욕심을 버리거라"

말씀은 쉬지 않고
높은 데서 낮은 데로
산여울 물소리로 귓전을 씻으며
흐르고 있는데
돌 위에 물이끼 앉듯
마음에도 눈에도 이끼 돋는
욕심을 어쩌지요

"마음이 가난한 자는 복이 있나니
천국이 저희 것이요…"

산상수훈이 고이고 고일수록
바우돌 싸안은 짙푸른 이끼
흐르는 물은 썩지 않는다는데
하중도처럼 솟아오르는 욕심 때문에
흐르지 못하고 소용돌이 치는

이 마음을 또 어쩌지요

"욕심을 버리거라
욕심을 버리거라
귀 있는 자는 들을지니…"

말씀은 쉬지 않고
바람소리처럼 귓전을 깨우며
불고 있는데
깊은 산자락 바우틈에
독버섯 돋듯
귓구멍 가득 막고 자라난
저 욕심을 어쩌지요

우리의 때는

나뭇잎들은
계절에 맞춰
제 빛깔의 옷을 바꾸어 입었습니다

떨어져 가야 할 잎들은
때를 어기지 않고
겸손히 제 뿌리로 돌아가고

더운 바람
찬 바람
순리대로 제 자리를
찾아가고
찾아옵니다

하루살이들의 앙탈은
먼지로 흩날려도
푸른 잔디는 금잔디로
금잔디는 또 눈발 아래서
겸손히 엎드려

때를 기다립니다

하나님
우리가 갈아입어야 할 옷 빛깔은
어떤 것이옵니까
우리가야 할 때는
언제옵니까

「마음은 원일로되 육신이 연약하여…」
기다림을 보채는 철없음이여
늘 깨어 있지 못하는 미련함이여

아름다운 사람아

아름다운 사람아
석달 열흘 장마비에도
젖지 않는 영혼
엄동설한 강추위에도
얼지 않는 마음으로
한 더위 삼복에
청청 소나무 되어
가슴 깊은 구천에
뿌리 내린 사람아
따슨 햇살
따슨 손 되어
서른 등 어루만져 달래어주더니
어둔 방 밝히는
밤 별이어라
숨막히는 문 열어젖힌
봄 바람이어라

가을 빗줄기 속에서

강물이 굽이치는 마음 속 깊이
영원한 기도를 드리고 싶이
가을 빗줄기를 따라 나섰습니다

망각의 눈꺼풀 위에
내려 앉는 모든 것은
밤 빛깔이었습니다

가지들은
자기 존재의 무게를 확인하며
흘러내리는 의지를 추슬러고 있었습니다

별이 뜨지 않는 밤이면
등대를 잃은 항해사처럼
마지막 기도를 드리고 싶었습니다.

자유하는 날

내 영혼이
권태를 벗어나 자유하는 날
한적한 산섶에
풀꽃되어 피리라

한 세상 서럽던 날도
감사로 다스리면
외로움은
마침내 한 송이 구름되리니

내 최초로 사랑한
흙 한 줌 가슴에 안고
본향으로 돌아가
마음 쉬고저

구름 그림자
무심히 지나칠 때
산 새 노래 있으면
마지막 풀꽃 웃음 지어보리라

내 무덤에 피는 꽃은

숱한 꿈을 가슴에 묻고
숱한 말을 가슴에 묻고
흙을 보듬은 내 무덤엔
어떤 빛깔의 꽃이 피어날까

묏새 와서 목을 적시울
산여울이라도 바라보이게 하늘이 맑으면
내 손짓은
어떤 시늉을 한
산나물로 돋아 나올까

발걸음 멈추며 멈추며
서성거리던 내 바람은
어떤 노래를 기억하고
불며 오갈까

늦가을 바람

감추어 두었던
신바람까지
마저 털고 가는
신명 좀 보게

저 흥겹게
회오리 돌다가
세워둔 나락단도
뒤척여 보고
이삭 한 줌 감아쥐고
비상도 하며
마지막 남은 햇살
실컷 살려내는
저 몸짓 좀 보게

누가 몸부림이라 했을까
누가 울음이라 했을까
누가 쓸쓸함이라 했을까

마지막 가는 길도
신바람으로 활갯짓하며
가고 가는 저 슬기

우주보다 너른 가슴이라면
어깨 한 번 으쓱
한 후

미소 한 가지 꺾어 물고
명상에 잠겨들 듯
눈 스르르 감고 가겠제

너도 바람아

물먹듯이 굶는 것도 밥술이란다
까무라칠 듯 앓으며 앓으며
겨우 잎 피운 것도 목숨이란다
너는 그런 거 모르제
굶은 적도 앓은 적도 없는
너는 그런 거 모르제

마구잡이 휘몰아 천둥번개 치다가
돌풍으로 삭신 산산이 녹이다가
누더기 같은 누명으로
칠칠 싸잡이 갈기다가
숨은 별빛 안고 우는 가슴 외면하고
저 혼자 돌아드는
너도 바람아

삐꺽이며 돌쩌귀 사뭇 비트는
너도 바람아
사랑이라며 사랑이라며
당당히 쓸고 가는 태풍아

아! 한숨 돌린 하늘
저만치서 빈정대는 발자국 소리
너도 바람아

다리 1

바람이 놓고 간
연(鳶)줄이구나

내가 네게
네가 내게
밤새도록 뜬 눈으로
보낸
간절한 바람이구나

내 혼령 밟고 갈
징검다리
놓이면
마음은
참으로 넉넉한 출렁거림으로
흐르겠구나

바닷가에 서면

내가 아픈 가슴으로
바닷가에 서면
바다는 영혼 속 깊이까지 앓으며
푸르게 푸르게 멍들었지

미안해라
미안해라
내 형제여

내가 내 아픔을 승화시켜
가장 큰 기쁨으로
바닷가에 서면
바다가 오! 바다가
온통 기쁨이 되어
웃음 조각으로 넘쳐 흘렀지
때를 씻고
먼지를 씻고
바다 끝 하늘 끝까지
어둠이란 어둠 말아서 갔었지

진정으로

내 기쁨을 기뻐하시는

당신이여

채송화

꼬옥 잡은
엄마 손 따슨 손
안에서
나들이 갔다 온
색동 꽃고무신

바람 불어 대롱이는
머리꼬리
나비 댕기
볼이 빠알갛도록
사랑밖에 몰랐다

枯死木
—덕유산정에서

산정이 높아
세월이 지나간 자리마다
바람으로 섰네

하얗게 하얗게 가슴이 타도록
적막한 영혼을 깨우는
산새 울음

결코 죽은 것이 아니다
결코 눈감은 것이 아니다
결코 하얗게 마른 것이 아니다

파아란 하늘을 등지고
산정을 지키는 지순한 존재
분명 그것은 바람이었네

욕심이 아니길

풀포기 같은 한(恨)을 안고도
한 송이 작은 꽃
피우고 싶었던
간절한 소망은
진정
이승에 대한 애착인지
저승에 대한 갈망인지
아직은 모를 일입니다

시나브로 떨어지는
늦가을 낙엽처럼
눈시울 떠도는
구름 그늘

만나고
헤어짐이
참으로
삶인지
죽음인지

아직은 모를 일입니다

오로지
작은 풀꽃 한 송이 피우고 싶은
간절한 소망이
이승에든
저승에든
욕심 아니길 바랄 뿐입니다

자화상

바우가 되고지어 바우가 되고지어
바람은 바우 옆에
한 송이 풀꽃으로 맺혔네요

하늘 우러러 감사드리고
갖춘 것 없어도 온전하고 싶은 마음 일러
가을이라 하더이다

아무도 찾아주지 않아 설움은 타도
오히려 편안한 가슴
긴 머리 풀어 당신의 발을 씻는 여인처럼
고운 향기로
당신의 길을 가꾸고자 가꾸고자

마음 하나에

슬픔이 슬픔이라고
얼마나 큰 슬픔이며
기쁨이 기쁨이라고
얼마나 큰 기쁨이라

내가 와도
온 것이 아니요
네가 가도
간 것이 아닌 것을…

내 천만 번 온들
네 마음에 든 적 없다면
내 천만 번 온들
어찌 온 것이며
네 천만 번 간들
내 마음에서 떠난 적 없다면
네 천만 번 간들
어찌 간 것이리오

잃음도 마음이요

있음도 마음이요

온 날도 즈믄 날도

마음이요

같이 누림도

마음 하나에 있는 것을…

돌아온 엽신

오늘도 그대에게
엽신을 띄웁니다

땅의 주소
하늘의 주소
또박또박 적어

그 엽신의 행간엔
사랑도 배어나지 않아야 합니다
그리움도 배어나지 않아야 합니다
폐가 찢기던 아픔 같은 것은
아예 배어나지 않아야 합니다

다만 그대도
기별 보낼 수 있으면 보내 주시고
우리도 허락되는 날 떠나리라는
상징어 한 마디쯤
작은 담수어 노니는 물살로 흐르면
족합니다

서울 특별시 양천구 목 5동
신시가지 아파트 416동 502호

돌아온 엽신
문득 바로 여기
깜깜한 밤에도 열려 있는
한 장의 내 유리창 앞임을
그대 땅의 주소 하늘의 주소가.

어머니의 성(城)

어머니의 성은 늘
기다림으로 가득 차 있습니다
구석구석 서리어 넘치는 그리움은
향연(香煙)이 되어
천리 길도 재촉합니다
곧 바꿔 입을 수 있는 순백의 내의랑
한 뜸 한 뜸 사랑을 심은 고의적삼
한 설합 가득 찬 어머니의 기도문
양념 냄새 굴뚝으로 빠져나가도
종일을 서성인 어머니의 향훈(香薰) 감돌아
그릇 그릇 가득 차 있습니다
어머니의 성엔
고운 햇살이 넘칩니다

어머니의 성은 오직
기다림으로 텅 비어 있습니다
우리들이 언제 들어가도
편히 쉴 수 있는 우리들의 자리가
사랑으로 말끔히 닦여져 있습니다

시각마다 문을 열고 나와
동구 밖을 바라보시는 어머니의 눈은
우리들이 어리비칠
맑은 호심으로 비어 있습니다
어머니의 성은 오직
간절한 꿈 하나로 밝아 있습니다

어두일미(魚頭一味)란다

어머니, 전 불효자에요
마지막으로
어머니의 머리를 감겨드리렸는데
그러지 못한 죄로
꿈마다 전 머리를 감아요

조기 머리 앞 접시 놓으시고
"어두일미란다…"하시며
지으시던 미소랑
고운 동백기름 향내
깊은 잠을 깨웁니다

분명 어디서 들은 적 있던
그 문자(文字) 속에
이렇게도 깊은 속뜻 숨은 줄
제 자식 앞에 앉혀놓고
인제사 알 것 같아요

어머니, 전 불효자에요

그리도 기다리시던 전화 한 통
보내드리는 일 힘거워했던 죄로
저는 날마다
자식들의 전화를 기다리며
전화통 앞에서 목이 메여요.

나 너로 하여

나 너로 하여
비로소 목숨 얻었네
세월에나 씻기는
강가의 이름없는 돌멩이다가
나 너로 하여
예 이르렀네
더하여
'우리'라는 이름도 얻었어라

나 너로 하여
비로소 귀 열었네
그저 흘러 예는
산섶의 바람이다가
나 너로 하여
예 이르렀네
더 하여
생령(生靈) 같은 훈짐도 얻었어라

나 너로 하여

비로소 꽃 피었네

석 달 열흘 장마비에 뭉개어져 내린

흙더미 위의 들풀이다가

나 너로 하여

예 이르렀네

더하여

오색꽃 피우는 사랑도 얻었어라

사랑은

사랑은
나보다 나를
더 아끼는
설레임

너 대신
아픔을
너 대신
수모를
너 대신
죽음을 달게 받는
지순의 화평

미움의 매운 재 헤쳐
불씨로 되살려 내는 생명
허무의 바다에서 건져내어
영원을 노래하게 하는 참 길

사랑은

나보다 너를

더 생각하는

바람

3부

이 깊은 가을엔

이 깊은 가을엔
하늘 아버지 앞에
이마 조아리게 하소서
과욕의 황금덩이
교만의 녹슨 철골
모조리 내려놓게 하소서

이 깊은 가을엔
두 눈 흠뻑 하늘물로 씻게 하소서
부족한 헤아림으로 엉기던 핏기
깨끗이 풀어놓고
하늘 어머니 눈빛에 물들게 하소서

이 깊은 가을엔
온유의 숨결로 가슴 채워주소서
태풍이 쓸고 간 빈 갈빗대 사이
단풍빛 사유의 실타래를
다시 한 번 빗질하는
사려 깊은 가을 바람이 일게 하소서

깊은 잠 속 구름 한 점

유한은 아름다운 선물
소멸은 영원으로 가는 몸짓

와도
영 온 것이 아니요
가도
영 가는 것이 아님을

깊은 잠 속
구름 한 점
하늘 강물로 노닐다
잦아진 골

한 송이
풀꽃 깨어나면
한 송이
풀꽃 향기 깨어나면

풀꽃 숨결 묻은 바람

강물에 얼비치리리
강물로 얼비치리니

유한은 눈물겨운 약속
소멸은 영원으로 가는 몸짓

꽃샘바람에도

꽃샘바람에도
미소 머금고
살짝 벙그는 꽃잎

나를 향해
말씀 여시는
님의 입술인 줄 믿사옵고

하늘 우러르며
땅 위에 살아 있음
가슴 뛰네, 가슴 뛰네

아! 님이여
나 어디 있든
나 어찌하고 있든

낱낱이 기억하시고
마음 주시는
크신 님이여.

앙금

낮이고 밤이고
가슴앓이로 떠돌던 응혈
다 쓸어 모아
생수에 포옥 담가서
의지가 녹도록 추억이 뭉개지도록
정열의 결이 다 삭도록
헹구고 또 헹궈내면
비로소 곱게 가라앉는 앙금
마지막 혈기
그 선홍빛마저 증발하고
백자사발 밑바닥에 끝내 남은
순백의 순종

그제서야 님께서 기뻐하실까요.

단풍빛이 꽃보다 아름다운 날

단풍빛이 꽃보다 아름다운 날은
실바람에도 목이 메어
가던 길 멈추고 뒤돌아섭니다

감히 두 어깨로는
감당할 수 없는 크나큰 무게
돌아갈 내리막길 재촉하는 투명의 무게로

받은 사랑 받은 복
낱낱이 기억나게 하는
이 눈부신 무게로

주여 용서하소서 용서하소서
다급하게 되돌리고 싶은
이 열망

단풍빛이 꽃보다 아름다운 날은
내가 남에게 입힌
상처만이 환히 보입니다.

님의 뜰 안

수령 백 년의 거목이
곤한 땀을 식혀주며
연둣빛 작은 손을 흔들어
창조주의 섭리를 속삭이는
님의 뜰 안

유치원 현관 유리문에 새벽 햇살이 내려오면
강화유리가 재잘 재잘 재잘
예닐곱 살 어린이 목소리로
세상사에 막혀버린 귀를 열어줍니다

궤사(詭詐)를 엮지도
도모(圖謀)를 꾀하지도 않는
있는 그대로의 하늘 목소리로
잠에 취한 생령을 깨워줍니다

허상의 겉옷을 화알 활 벗고
무릎 꿇어 마음 낮추면
아가들의 눈빛 속에서

님의 미소를 만날 수 있는

님의 뜰 안

시로 보는 세상이 신비스런 연유는

시로 보는 세상이 신비스런
연유는
늘
거기엔
하늘이
열려 있기 때문입니다
삶의 해답을
지등(紙燈)처럼 품고 있기 때문입니다
그
래
서
그래서 님은
금강석을 버리고
시를 보듬고 삽니다.

살아 있음은

살아 있음은
오직
기억과 기억의
징검다리

징검다리
조심히 놓고 간
진리의
그림자

그 진실
물기 머금어
햇살
비로소 빛나는
찰나

그대 마지막
속눈썹에 매달린
한 방울

이슬

열매 같은 열매

열매 같은 열매를
평생에 한 번이라도 좋으니
갖고 싶었던 개옻나무는
생각하고 생각하고 생각한 끝에
참, 그 참나무를 찾아가서
일 년 사계절 고스란히 지켜보고 섰다가
까무라칠 듯 눈을 치뜨고
삿대질로 내질러 외쳐대는 말

"흠! 참! 열매 같은 열매는커녕
아예 열매가 보여야 말이지!
그런데 참나무는 뭐가
참나무야?! 뭐?! 가?!"

참나무는 그 중 잔잔한 미소를 띄우며
높다란 나뭇가지 하나 휙 치켜올려
석 달 열흘 마른장마에
50년 가뭄 기갈난 하늘에 떠도는
구름 한 자락 가리키매

지나던 바람 넌지시 귀띔하는 말

"열매 같은 열매란
보이는 것도 아니요
보이지 않는 것도 아니요
오로지 누군가가
가 · 안 · 절 · 히, 간 · 절히, 간절히!
기다리고 있는
그거라…."

나무는

나무는
홀홀히 벗어준 날이 있기에
저 황홀한 나이테로
가슴을 펴네

헤어지는 아픔
다 잃은 슬픔
소유를 포기하는 허탈
태풍의 사계를 견디어

비로소
만나는 환희
새살 돋는 경이
그리고 자유의 열음 영글었네

나무는
오늘도 벗어줄 날을 위해
일심으로 수액을 올려
그늘을 나누고

삶이 주름진 이마로

석양을 거두어

인식의 바람 일구며

눈이 부시도록 허리를 펴내.

가을에서

가장 귀한 것은
가장 귀하지 않게
생각하고 살아왔던 것임을
이제 알겠네

아름다운 꽃들과
고운 단풍들을
나무는 왜 훌훌히 털어버리고 서 있나
이제야 알 것 같네

강물이
물을 품어 가두지 않고
왜 끝없이 흘러보내고만 있는지
이제 알 것도 같네

털어버려도, 흘러보내도
끝내 살아남는 비늘이
세월임을

이제, 좀 알겠네.

매운 바람

매울수록 몸에 좋은 거라고
달뜬 삶 어루만져
영혼을 달래는 어머님의 깊은 바람

새파란 마늘종 권하시던
따뜻한 눈길
오늘은 매운 눈물로
그리움의 마늘밭 일구시네

엉거주춤 게으른 삶
명치끝을 갈아엎는
달디단 매운바람.

삶이란

삶이란
씨날이 곱게 맞물려
어우러지는 깊은 노래이어라

얼음에서 부르튼 손
입김 불어 녹여
채색이 눈부신
목도리 한 장 지어내는 일

울음 잠긴 목울대
포근히 감싸고
님의 심장소리에 귀 기울여
화답하는 일

가시손 깍지 끼어
핏망울 아롱이는 사랑
마알갛게 마알갛게
여과시키는 일.

가을 풀벌레

네 울음은
가을 들녘의 적막을 연주하는
악기소리

너로 하여
너와 동행하는 불면의 상처들이
별로 연마되고

인내는
가을 하늘 가슴 열어
내일을 그리네

네 울음을 내 울음처럼
네 눈물을 내 눈물처럼
새겨듣는 깊이로 닦아주는 넓이로

플라타너스 잎 커다란 등에 업혀
약속의 고향으로 전진하는
내일의 용사여

꽃 진 자리 아리따웁도록

꽃 진 자리 아리따웁도록
바람이 부네
미련으로 마른 마음
뿌리 찾아 보내는 일
쉬운 일 아닌 듯
강물도 멈칫 멈칫
뒤돌아보는 물살
유성의 긴 꼬리 아름다워도
그 빛남은 오늘이 아니라네
꽃 진 자리 아리따웁도록
가을바람 불어 출렁이는 미리내
가슴에 사무치네
내 떠난 자리도
저리 아리따웁도록
무아의 고요 얻었으면

지금 나 된 나답게

살아 있다고
그저 허리 펴
뻐길 일 아니구나

사람들 발길에 닳던
순하디 순한 산허리
언제 허물어져 평지가 되었나

네 목숨이 네 목숨이 아니고
내 삶이 내 삶이 아닌
이생

이제사 실감하는 내리막 길
그냥 곧게 살 일이더라
헌신의 나래쯤 될 일이더라

허리 꺾일 날
미리 염려 말고
나 된 나답게

해 아래서 차분히

꽃대나 올릴 일이더라

꽃대나 올릴 일이더라

빈 손 높이 들어

잡초를 뽑는다
새벽이슬에 마른 가슴 적시며
너와 나의 다른 점을 저울질하며
제 마음의 깊이를
제 가슴의 넓이를
재어가며 팔을 휘두른다

휘어잡힌 풀포기의 눈빛
하늘을 향한 숨소리
광야를 감동시킨 하갈의 곡인가
삼라만상이 함께 기도하는 새아침
달팽이관을 흔드는 요령소리
깨어나는 자성의 눈

던져두었던 잡초 더미 속에서
새파랗게 요동치는 눈웃음
잡초가 화초로 중생하는 역사 앞에
내 빈손 높이 들어 하늘물에 담가본다
오! 하나님 저는 주님 나라의 화초입니까 잡초입니까.

적막은 내 영혼을 깨어나게 하네

내가 진흙일 때
제 스스로
제가 무엇이 되고자 하는 생각을 버리고
오직 도공(陶工)의 뜻에
평안히 나를 맡기는 느긋함을 기도했네

내가 꺾여 넘어진 지 오래되어
누운 채 꿈도 접은 느티나무 등걸이 되었을 때
제 스스로
흙으로나 불로 돌아갈 길 찾지 않고
오직 전각가(篆刻家)의 눈이랑 손끝을
차분히 기다렸었네

적막은 내 영혼을 깨어나게 하네
거듭나고 다시 태어남이
오직 지은이의 뜻에 있음을
결국 내 소망이 내일을 기다리는 길이라네

인생은 풀의 꽃

인생이 감히 풀의 꽃이라니
오! 놀라운 은총이여
이 작은 눈짓을 위해
대지는 드넓은 품을 내어주었고
하늘은 아낌없이
그 고단한 땀과 미소를 내려주는구나

인생이 짧기에 귀하고
작기에 아름다운 것
놀랍고 오묘한 현신 위에
세밀한 은총의 집중사격이여

대지 위에 무릎 꿇을 줄 아는
풀의 그 겸손
주어진 삶에 충실한 끈기
그 위에 내리신 하나님의 긍휼
그런 미소로 인생이
신의 돋보기에 들킨 꽃이 되었구나.

추영수의 작품세계

추영수 시인의 삶과 신앙
― 신앙시집 『사랑하는 자를 사랑하는 것은』

남송우(문학비평가, 부경대 명예교수)

　추영수 시인은 계원예술고등학교에서의 교직 생활을 마무리할 몇 년 전쯤, 한 권의 시집을 펴낸다. 다섯 번째 시집인 『사랑하는 자를 사랑하는 것은』이다. 이전의 시집에서도 그의 신앙이 시로써 형상화되고 있지만, 이 시집에 오면 유독 그의 신앙을 내밀하게 드러내는 시편들이 주류를 이루고 있다. 이러한 경향을 짐작해 볼 수 있는 예표가 시집의 <책머리>에서 드러나고 있다. 그는 책머리 글에서 이 시집이 지닌 성격을 다음과 같이 내보이고 있다.

　받은 대로 되리라고 하신 하나님의 약속을 나는 믿습니다. 향기로운 삶을 살면 아픔이 꽃으로 빛나리라는 약속 또한 믿습니다.

　내게 맡겨진 배역에 충실함으로써 오늘의 나를 있게 하신

이가 찬송 받으시기를 소원합니다. 다만, 내게 맡겨진 참 배역이 무엇인지 또 어떻게 하는 것이 진정 충실한 것인지 늘 아득하여 앞이 캄캄합니다. 이 끊임없는 자성은 수시로 나를 좌절시킵니다만, 이 반추의 고뇌야말로 내가 나임을 확인케 하는 희열의 시간도 됨을 고백합니다.

일생의 소망인 명시 한 수를 얻기 이전에 하나님의 사랑을 받을 수 있는 '시적 삶'이 우선되어야 한다고 생각하며 애긍과 온유와 화평의 씨알이 되기를 기도합니다. 마음은 원이로되 육신이 약하여 머리와 입시울에서는 가능한 일이 실천으로 옮기기 어려웠던 내 게으름을 참회합니다.

내 아픔이 혹 나같이 길 잃은 어린 양에게 한 가닥 풀뿌리와 같은 동병상련의 위로가 되기를 소망하면서 다시 나를 되돌아보지 않을 수 없습니다.

교단에 선 지 30년, 학급 담임과 교도주임, 교감 그리고 오늘의 상담역에 이르도록 그 어린 새싹들의 병든 가슴 앞에서 내가 해줄 수 있었던 것이 무엇이었겠습니까? 과연 같이 아파하며 참 위로가 되어 그들의 제 길을 갈 수 있도록 바람이 되고 이슬이 되고 작은 별빛이라도 되어 줄 수 있었을까요?

외국의 저명한 상담역 한 분의 고백을 기억합니다. "나는 모든 면에서 문제아였기에 내겐 상담역이 적합하다고 생각되어 오늘에 이르렀다"

그렇습니다. 상상을 초월한 아픔과 슬픔과 쓰라림과 잃음과 분노와 억울함 등 갖가지의 한을 어찌 상담기술로만 감당할 수 있겠습니까? 진정으로 이해심 깊은 친구나 스승, 상담역이나 교역자, 평론가가 되기 위해선 자신이 고아, 걸인, 홀아비, 홀어미, 장애자, 타락자, 핍박받는 자, 더 나아가 귀공자나 정신적 물질적 지도자의 체험까지 거쳐야 한다고 생각했습니다. 그렇지 않고서야 어찌 상상을 초월한 감정의 소용돌이를 짐작이나 하겠습니까. 자칫 초점이 맞지 않는 동정으로 도리어 상처를 주게 되지요.

오늘을 사는 한 개인의 아픔이 곧 이 시대의 아픔이라 짐작하면서, 금잔디 같은 선민이 아니라, 풀처럼 어질게 살아가는 친구들의 아픔이 소망으로 승화하기를 기도합니다. 어느 하늘, 어느 땅끝에서 울음 서로 달랠 수 있다면 그대 가슴 어루만지는 시열(詩熱)로 타오르기를 기도합니다.

"일생의 소망인 명시 한 수를 얻기 이전에 하나님의 사랑을 받을 수 있는 '시적 삶'이 우선되어야 한다고 생각하며 애긍과 온유와 화평의 씨알이 되기를 기도합니다." 이는 시 이전에 시적 삶이 우선시되어야 함을 강조하고 있는 말이다. 모든 시인들의 평생소원은 남겨질 한 편의 시를 창작하는 것이다. 그런데 추영수 시인은 이 명시 한 편을 얻기 이전에 하나님의 사랑을 받을 수 있는 시적 삶을 원하고 있다. 이는 시와 삶이 따로 노는 시를 지향하지 않음을 의미하면서도 우선 하늘의 뜻을 좇아 사는 삶을 제대로 펼쳐가야 함을 강조하고 있음이다. 그 시적 삶의 실천을 위한 삶의 지향점으로 애긍과 온유와 화평을 내세운다. 그래서 이를 위해 기도한다고 말한다. 그러면 이러한 시적 삶의 실천은 어떻게 가능할까? 하나님의 사랑을 받기 위한 전제가 하나님의 자녀가 되는 것이다. 다시 말하면 하나님 안에서 거듭나야 한다. 추영수 시인은 이 거듭남의 비밀을 「명태(明太) 덕장에서」 노래하고 있다.

비수 같은 하늘일수록 더 좋은가 보아
나를 벗어버리기엔
나를 몽땅 털어버리기엔
나를 온전히 내맡기기엔

거듭나는 일이

바로 이런 것이었나 보아

도도한 눈빛

오만의 기름도

윤기 흐르는 체면의 수분도

얼음물 말씀 속에 푸욱 잠가

온 낮 온 밤

침례(浸禮)의 혼절이 있어야 하나 보아

한 번은 죽어야 다시 사는 중생(重生)

얼며 녹으며 살 올마다 포근포근

온유의 문을 여는 바다 갈피에

하나님은 결코 편애하지 않으시는구나

짠맛 단맛 눈물나는 매운맛

갖은 양념맛 어우러지는 헌신의 날은

새 소망, 새 이름, 새 목숨이겠구나

그러기에 저러히

나를 온전히 내맡겨야 하나 보아

　명태를 말리는 <명태 덕장>에서 명태를 얼리면 동태가
되고 반쯤 말리면 황태가 되고 바짝 말리면 북어가 되는
변신을 떠올리며 인생의 중생을 노래하고 있다. 인간도 하
나님의 자녀가 되려면 자신이 죽어야 하는 과정을 거쳐야
한다. 한번은 죽어야 다시 사는 중생이 가능하다는 진리를
명태의 변신을 통해 엿보고 있다. 이 과정을 통과해야 온유
의 문을 열 수 있기 때문이다. 나를 온전히 벗어버리지 못
하면, 타인을 위한 애긍과 온유와 화평의 씨알이 될 수 없
다. 새 소망, 새 이름, 새 목숨을 경험해야 한다. 이러한 삶
의 실천은 하나님 안에서의 거듭남에서부터 시작될 수 있
기 때문이다. 그런데 이런 죽살이는 매일의 삶에서 계속되
어져야 온전한 신자의 삶에 다가설 수 있다. 「사랑 부는 바
람이면」에서 일상을 죽어서 다시 사는 일이라고 노래하는
이유이다.

　X. 값진 길 있음을

146

— '한 알의 밀알이 땅에 떨어져 죽지 아니하면 한 알 그대
　　로 있고…'

　(요한 12:24)

우리의 일상(日常)이
썩어질 일을 위함이라고
슬퍼하지 말자

썩는다는 일은 사라지는 일
사라지는 일은 살아지는 일
살아지는 일은 죽어서 다시 사는 일

오기와 혈기로 종주먹 다지어
썩지 않는 이보다
애간장 태워서
성모가 되신 어머니
그 가슴을 그리워하자

따끈한 두엄으로 삭아

나물로 되살아나고

　　꽃술로 되살아나고

　　열음으로 되살아나는

　　값진 길 있음을 기뻐하자

　　일상을 썩어질 일로 인식하면서 이 일상의 썩어짐을 슬퍼하지 말자라고 권유하고 있다. 이는 썩는 것은 사라지는 것이며, 사라지는 것은 살아지는 것이고, 살아지는 것은 죽어서 다시 사는 것이기 때문이란 것이다. 이는 바로 시 앞에 인용한 성경 구절의 의미를 재해석하고 있는 부분이다. 한 알의 밀알이 땅에 떨어져 죽어야 새로운 생명으로 살아난다는 진리를 언어적 차원에서 재미나게 풀어내고 있다. 즉 죽어야 되살아난다는 기독교의 진리를 노래하고 있음이다. 매일 매일 죽는 일상의 삶을 위해서는 매일의 기도가 필수적이다. 새벽마다의 기도를 이어가게 하는 「새벽 종소리」를 추영수 시인이 자신의 가슴 깊이 간직하고 있는 까닭이다.

　　새벽을 몰고 왔구나

　　몸을 부딪쳐 어둠을 깨치고

사무치는 속 소리로 가슴을 열고 왔구나

어둠이 방패 되어 가로막은 발길
편비(扁肥)의 고열로 지새운 밤
물 한 모금 넘길 수 없었던 단식으로
속앓이 피멍에 쓰라린 눈물
애매히 흩어져 빛나던 별떨기여

하늘에 거미줄 마냥 널려 있는
길을 헤치고
우리에게 꼭 필요했던
단 세 가닥 길을 골라
용케도 종탑까지 찾아왔구나

옛부터 조상님은
믿음·소망·사랑
단 세 가닥으로 충충충 땋은 한 줄
화합을 가꾸어 머리에 이고

세사를 짓누르던 욕심일랑

극기로 다스리던 군자의 도포자락

부덕의 온유한 선으로

심지 돋구어 마름질하지 않았던가

양심을 깨어

욕심을 벗기는 채찍으로

새벽을 이끌어 왔구나

기진토록 올리는

할머님 어머님 기도 소리 따라

어둠을 깨치고 예 왔구나.

　추영수 시인은 힘들지만, 부덕의 온유한 선을 유지할 수 있는 근원적 힘이 믿음·소망·사랑을 지키게 한 새벽기도였음을 확인하고 있다. 그 기도는 <기진토록 올리는 할머님 어머님>의 기도로부터 이어져 온 것으로 <양심을 깨어/욕심을 벗기는 채찍으로/새벽을 이끌어 왔>노라고 노래한다. 이러한 기도의 소리는 「사랑 푸는 바람이면」 연작시에

서도 계속 이어지고 있다.

VII. 저녁 어스름

'기도하여라
쉬지 말고 기도하여라'
늘 깨어 기도하면
천사의 날개가 자란단다…

우리 모두
칭찬받고 싶었지
사랑받고 싶었지
인정받고 싶었지
그러나 그 긴 한낮을
욕심의 뿌리발 깊이 박고
미운 짓만 했구나

저녁 어스름은 어머니 말씀
부끄러운 얼굴을랑

그 가슴에 묻어란다…

저녁 어스름은 하나님의 날개
두려운 마음
비로소 기도 찾아
닫힌 가슴문 열고 나와
그 날개 밑에 숨어란다…

'기도하여라
한시도 쉬지 말고 기도하여라'
이기적인 기도는
아니함만 못하단다…

쉬지 말고 기도하라고 자신을 추스르고 있는데, 그 기도는 자신만을 위한 기도가 되어서는 안 된다는 점을 강조하고 있다. 자신만을 위한 기도는 타인을 위한 애긍과 온유와 화평의 씨알이 될 수 없기 때문이다. 이러한 일상의 기도가 궁극적으로 나아가려고 하는 지점은 결국 인생의 삶이란 흙으로 돌아가야 한다는 종말의식과 깊이 연관되어 있다.

추영수 시인이 「가을비에 젖으며」에서 아름다운 종말의 삶
을 기원하고 있는 이유이다.

　　우리들 돌아갈 본향(本鄕)은

　　결국 흙이라며

　　감나무 잎들이

　　화려한 씨알들을

　　까치밥 감송이로 고이 싸서

　　가을 하늘가에

　　등불로 달아 놓고

　　조용히 뿌리 옆에 눕고 있었네

　　낙엽에 단비 내려

　　그 진액 조금씩 뿌리에 스미듯

　　겨울비에 젖으며

　　본향으로 잦아드는

　　우리들의 영혼

　　내 가는 날에도

하늘을 밝힌 까치밥처럼
저리 아름다울 수 있었으면
뿌리를 지키는 감나무 잎처럼
저리 자랑스러울 수 있었으면

인간의 삶이란 결국 죽음 이후에 어떻게 남겨지느냐에 따라 평가된다. 인간이 흙으로 돌아가듯 감나무의 잎 역시 감나무 뿌리 옆에 누워 생애를 마감한다. 그 잎에 단비가 내리면 잎의 진액은 뿌리에 스며들어 감나무의 뿌리를 지키는 역할을 한다. 시인의 관심은 그러한 감나무 잎처럼 <본향으로 잦아드는/우리들의 영혼//내 가는 날에도> 그렇게 자랑스러울 수 있기를 기원하고 있다. 이것이 하늘의 뜻이기 때문이다. 그렇기 때문에 추영수 시인은 그녀가 남겨 놓은 자신의 시에 대한 「여적」에서 다음과 같이 자신의 시 작의 의미를 정리해 두고 있다.

내 시 수업은 내 삶에 대한 묵상이요 기도이며 보다 나은 내 종언을 위한 수행 과정입니다. 못생긴 바윗돌 하나에 내 나름대로 천부께 아뢴 바램의 기도가 있어 10년 20년 드디어 50년에 이르도록 그 형상 쪼고 쪼아 뜨거운 돌살 떼어내면서 다듬은 생각이 바로 내 삶의 완성을 향한 전진의 작업이었다고 말입니다.

다만 내 아픈 묵상의 기도가 나처럼 아픈 이웃의 위로가 되고 따뜻한 손이 되기를 기도합니다. 눈물로 씨를 뿌려 그 열매로 허기 채워 본 사람이 아니면 이웃의 뼈저린 허기의 아픔에 참 위로자가 될 수 없다고 믿는 마음에서 내게 주신 아픔의 세월마저 창조주의 사랑의 계획 안에 속한 것이었다고 생각하며 감사를 올립니다.

세상의 화평은 화해 속에서 이루어진다고 믿습니다. 우주 속에서 모든 피조물과 함께 누리는 최선의 화해는 신의 사랑 안에서 이루어지며 큰 꿈 안에서 서로 배려하며 관심하며 감사할 때 어둠의 세력을 벗어나리라고 믿습니다. 시작 이론과 기술에 앞서 사랑과 감사와 주어진 사명이 빛의 구실을 할 때 우리들의 밝은 꿈이 영원에 이르게 될 것이며 생각은 세상을 바꿀 것입니다.

내 삶의 최종 목표가 나를 드려 이웃을 살리신 사랑의 그림자와 향기가 되어 하늘의 품에 안기고 싶은 것임에 세사의 화려한 부귀공명을 벗어버리고 가볍게 정의로운 자유를 누리고 싶습니다. 세상 가난 속에서 하늘의 부요를 누리고 싶습니다. 저 파도처럼 성심을 다해 우주 만물을 지으신 이를 찬양하고 싶습니다.

추영수 시인이 추구한 궁극적 삶의 방향은 하늘이 자신에게 부여한 뜻을 좇아 사는 것이었음이 드러나고 있다. 그것은 결국 이웃을 사랑하고 하늘을 찬양하는 시인으로서의 삶이었다.

글넝쿨 시인선 001
햇살은 소리를 머금고
추영수 시선집

초판 1쇄 발행 2024년 10월 30일

지은이 추영수
기획 문장의정원
총괄 이진서
디자인 사계

펴낸이 장지숙
펴낸곳 글넝쿨
출판등록 2020년 02월 14일(2020-000005)
주소 부산광역시 수영구 수영로 582번길 50
대표전화 051. 758. 3487
블로그 https://blog.naver.com/sentencegarden

ISBN 979-11-972743-5-0 03810